AF160936

© Photo by Thomas Wernke

Anne Borchert

Angst vor der Angst
———————————

Wenn Panik dein Leben einschränkt

© 2014 Anne Borchert
Alle Rechte vorbehalten
Herstellung und Verlag:
BoD – Books on Demand, Norderstedt
ISBN 978-3-7347-4103-6

Inhalt

Kapitel 1: Mobbing und Ausgrenzung   7

Kapitel 2: Der Psycho-Bus   15

Kapitel 3: Abschied im Haus Gottes   27

Kapitel 4: Gott segne dich   35

Kapitel 5: Frei wie ein schwarzer Vogel   41

„Wenn wir bedenken, daß wir alle
verrückt sind, ist das Leben erklärt."
Mark Twain

Kapitel 1
Mobbing und Ausgrenzung

Und wieder nimmt sie jede einzelne der 59 dunkelbraunen Holzperlen zwischen ihre zittrigen Hände. Sie betet. Sie betet erneut die Gesätze des Rosenkranzes, die sich mit dem Leben, dem Sterben und dem Wirken Jesu Christi befassen. Sterben. Ihre Gedanken fliegen wie kleine Englein durch ihren Kopf. Sie hört sie singen: „Sterben um zu leben?"

Vater unser im Himmel.
Geheiligt werde dein Name.
Dein Reich komme.
Dein Wille geschehe.

Dieser bissige Geruch von altem Schweiß, frischem Kaffee und kaltem Rauch holt sie in die Realität zurück. Emma schaut sich um. Immer noch die kalten, kahlen

Wände und immer noch die scheinbar freundlichen Mitpatienten. Am Fenster klopfen die Regentropfen ihren Rhythmus und das Grau der kalten nassen Jahreszeit spiegeln ihre Gefühle wider. Emma hält die von ihr selbst gestaltete Perlenkette in den Händen. Ihr Credo gefällt ihr besonders gut, da es goldig leuchtet und sich erhaben von dem dunklen Holz absetzt. „Wie ich", denkt Emma, „ich setz' mich auch von den anderen ab. Weil ich es so will?!"

Eigentlich ist sie Heidin. Nein, eigentlich ist sie überzeugte Atheistin. Denkt sie. Aber seitdem sie in der Psychiatrie einsitzt, weiß sie gar nicht mehr, an was sie glauben soll oder gar kann.

Genervt von den Albereien und dem Mix der unterschiedlich starken Stimmen der „Insassen", wie Emma sie gerne nennt, erhebt sie sich schwerfällig von ihrem Hocker. Die Ergotherapie ist noch längst nicht zu Ende, aber ihre Krämpfe, die die Hände wie Stromschläge durchdringen und das monoton anhaltende Herzrasen, dass bis in ihren Schädel dröhnt, lässt ihr keine Ruhe. Ich brauch' Bedarf, murmelt Emma der Ergotherapeutin zu und verschwindet durch die Tür. Nickend starrt Frau Schulz ihr hinterher.

Im Keller der Psychiatrie, wo die Therapieräume aneinanderreihend unterschiedliche Geräusche und Gerüche von sich geben, schleppt Emma ihren Körper vor sich her. „Hab' ich heute schon was gegessen?", fragt sie sich, während ihre Knie weich wie Butter sind und das gefühlte Körpergewicht locker 100 Kilogramm übersteigt. Sie ist nicht nur genervt von ihrer Umgebung, die für sie sowieso nur eine gespielte Scheinwelt darstellt, sie ist vor allem von sich selbst genervt. Manchmal hasst sie sich sogar für ihre Wahrnehmung und Macken. Sie ist nicht mal 1.60 und wiegt mit Mühe und Not 47 kg. Trotzdessen ekelt sie jede Falte ihres Körpers an. Emma kennt ihre psychischen Schäden, sie nennt es Hass-Liebe-zu-sich-selbst. In Gedanken an das bevorstehende Gemeinschaftsessen läuft sie die zwei Etagen herauf zur Station. „Jedes Mal dieses Mobbing-Schild", flüstert sie, „Erwachsenpsychiatrie". Sie lacht laut über den langen kahlen Flur und denkt dabei etwas lauter als ohnehin schon: „Klapper. Nichts anderes."

Schwester Monika führt derweil Akten und schreibt Patientenprotokolle, als Emma wie immer angeschlichen kommt. „Hab Herz. Brauch' Bedarf."

Wortkarg erwähnt Emma ihren Zustand. Schwester Monika schaut in die Kurve von Emma und sucht die passende Arznei heraus. Kleine weiße Pille. Kleiner grüner Becher. Ein Schluck Wasser. Fertig. Emma lässt noch ihren Puls und Blutdruck abchecken. 146 Puls. 110 zu 70 Blutdruck.

„Haben Sie sich geärgert oder erregt Sie etwas Frau Bühl?" Aber Emma geht die zwei Türen weiter zu ihrem Nachtlager, wie sie es betitelt. Vier weiße kahle Wände, drei harte Betten, ein schimmliges Bad. Gemütlich für eine Klapper, denkt Emma sarkastisch. Sie fällt auf ihr Bett. Auf dem Nachttisch ein Zettel: „11:30 Uhr, Einzel!" Die Psychologin möchte Emma noch vor dem Mittagessen sprechen. Der Buschfunk scheint zu funktionieren. Die Laune sinkend, der Puls steigend, schaut sie an die Decke.

„Was die Wände wohl alles erzählen könnten?", philosophiert Emma, als sie die hohen Wände mit ihren Augen versucht festzuhalten. Sie schließt die Augen und merkt, wie das Medikament ihre Muskeln erschlaffen lässt und ihren Kopf leicht und leer macht. Dieses Gefühl, wenn die Gedanken entkrampfen und eine leichte Schwerelosigkeit einsetzt, fasziniert sie.

Manchmal wirft sie sich ihren medikamentösen Bedarf nur ein, um diesen einzigartigen Rausch zu empfinden. Während des Rausches taucht sie in ihre eigene Welt ab. Dann nimmt sie sich ihr kleines rosa Büchlein und schreibt darin. Es sind keine kleinen Tagesreflexionen oder gar ein Tagebuch, nein, für sie sind es eher das Festhalten eines wundervollen Gefühls und der Gedanken, die sie nach dem Rausch vermutlich vergessen würde. Sie hat es mit Alkohol, Gras und auch anderen synthetischen Drogen versucht, aber die jetzigen Pillen gegen ihre generalisierte Angststörung, diese Tabletten liebt sie. Im Kopf klingelt es. Jetzt. Die Pillen sind angekommen. „Juhu. Dresch!", belustigt sich Emma und nimmt ihr Buch zur Hand. Doch nicht einmal eine Minute später klingelt ihr Handywecker. Die Erinnerung an das Einzelgespräch mit Frau Dr. Lang. Sie stöhnt auf und liest die letzte Zeile vornehm betont:

„Eine kleine arme Menschenseele,

unter Druck gesetzt von dieser Schwere – absolute Leere."

11:28 Uhr. Psycho-Termin. Sie klemmt sich eine Zigarette hinter das Ohr und läuft über die Etage Richtung Arztzimmer. Frau Lang bittet sie Platz zu nehmen, und ohne jegliche emotionale Regung folgt Emma der Anweisung.

„Wie geht es Ihnen heute Frau Bühl? Was bewegt Sie? Ich habe die Mitteilung erhalten, dass Sie die Ergotherapie vorzeitig abgebrochen haben, um sich ihren Bedarf einzuholen." „Nichts. Geht alles so", flüstert Emma beim Ausatmen leise entgegen. Sie ist mental gar nicht anwesend. Ihr Blick schweift ab und zu zum Fenster hinaus. An den Außenwänden des roten Backsteingebäudes entdeckt sie immer wieder diese Zahlen. „Wieso schreibt jemand hier oben Zahlen an die Mauern?", fragt sich Emma. Sie beantwortet sich ihre Frage selbst, „Bestimmt ein Irrer." Und sie kichert. Frau Lang mustert sie. Die Psychologin ist allerhöchstens Anfang dreißig, schwarze lockige Haare und ziemlich moppsig, wie Emma findet. Bei jedem Einzelgespräch achtet Emma darauf, wie sich Frau Lang mal wieder unvorteilhaft gekleidet hat. Nicht nur schlecht kombiniert, sondern auch scheiße eng. Jedes Mal auf's Neue denkt Emma, so würde sie nie im Leben herum laufen. Dann würde sie lieber vier Wochen gar nichts essen, bevor sie solche Rollen mit sich herum trägt. Emma hat die letzten fünfzehn Minuten damit verbracht, die Zahlen an der verklinkerten Außenwand zu studieren und Frau Doktor aktiv nicht zu zuhören. „Sie gefallen mir heute gar nicht Frau Bühl." „Wenn ich könnte, würde ich jetzt aus diesem scheiß spießigem Klappafenster springen." Ohne jede Regung im Gesicht und nicht mal dessen bewusst, was sie gerade geäußert hat, starrt Emma weiter aus dem Fenster zu den kuriosen Zahlen. Keine drei Minuten später reden Frau Dr. Lang und die verknitterte Oberärztin auf sie ein. Das Ende vom Lied: Ausgangssperre für die nächsten Tage und Sichtkontrolle alle 15 Minuten. Zur eigenen Sicherheit.

„Um mich selbst vor mir zu schützen." Kichernd läuft Emma zum Essensraum, wo die Grundstimmung einer zweiten Klasse herrscht. Geläster und Gelächter über unwichtige, nicht lebensnotwendige Dinge und Showlaufen wie bei Germanys Next Topmodel. Sie könnte jetzt schon brechen. Tablett. Schild: „Emma Bühl." Deckel auf. Ekel. Deckel zu. Sie nimmt sich einen Kaffee und schlendert damit zum Balkon. Die Kippe hinter dem Ohr. Mittlerweile hat sich die liebe Sonne erbarmt und schenkt den Hirnis ein paar Vitamine D. Und wieder lacht Emma auf. Sie schaut auf ihr Handy. Eine SMS von Lady. „Heute Abend. TT auf der P1. Freu mich." Geht klar, denkt Emma und genießt erst einmal die Zigarette.

Kapitel 2
Der Psycho-Bus

Wenn Emma denkt, sie habe die Liste des Elends der psychiatrischen Erkrankungen bereits erlebt, dann hatte sie sich wohl getäuscht. Nach einem langen Tag, vollgepumpt mit Bedarf und Therapien, macht sie sich auf den Weg zur gegenüberliegende Station. Wieder dieses Schild. „Erwachsenenpsychiatrie". Der Unterschied zwischen den beiden Stationen besteht lediglich darin, dass auf der P1 die Insassen weniger mit Therapien beschäftigt werden. Sie können dort erst einmal „ankommen" und ein wenig Ruhe finden. Nicht umsonst schimpft sie sich als Kriseninterventionsstation. Vollpumpen und ins Bett abschieben, und die Klinik kassiert Geld. Geil. Sie öffnet die große Holztür, die sie mit ihren spacken Ärmchen kaum aufbekommt. Dahinter wartet schon Lady mit zwei Tischtenniskellen und einem breiten Grinsen. „So am Ende, völlig heruntergefahren von Medikamenten und trotzdem ein Lächeln für mich", bemerkt sie. Auch Emma hob die Mundwinkel. Nicht aus Höflichkeit, sondern weil sie Lady wirklich mochte.

Er ist ein hochgewachsener Mann, ziemlich grau im Gesicht und keine außergewöhnliche Gestalt. Aber offen und ehrlich. Er nimmt das Leben, wie es kommt, sagt er immer. Lady, der etliche Selbstmordversuche hinter sich hat und die geschlossene Station genauso gut kennt, wie sein eigenes Wohnzimmer.

Emma und Lady spielten fast jeden Abend Tischtennis. Doch heute waren sie nicht alleine. Zwei Patienten von der P3 klinkten sich mit ein. Eigentlich kein Problem für die beiden, aber das Mädchen macht einen seltsamen Eindruck. Für Emma ist das eine Irre von vielen. Sie hört ihr trotzdem zu. Was bleibt ihr auch anderes übrig in diesem kleinen Raum. Jeany, das Mädchen von der P3, erzählt ausgiebig von ihrem Konsum an Medikamenten. Angeblich bekäme sie elf Tabletten pro Tag. Wofür weiß sie auch nicht. „Ich habe eigentlich gar nichts", betont das weibliche Etwas immer wieder. Sie zittert am ganzen Körper und ihr wirres Gelaber nimmt kein Ende. Jeany erzählt über ihr letztes nächtliches Erlebnis. Sie sei wach geworden, weil der Mörder eines bekannten Verbrechens auf ihrem Nachtisch gesssen habe und sie ermahnt hatte, endlich die Wahrheit herauszufinden. Emma fragt, ob es ihr nicht Angst einflöße, solche Geister zu sehen. „Ich sehe doch keine Geister", lacht Jeany, „es ist der Mörder Emma, kein Geist. Du bist ja irre." Beiläufig erwähnt sie, dass sie alle Mörder kennt und nur sie den Mord aufklären könne. Emma wünscht ihr viel Glück dabei und spielt den Ball zu Lady. Jeanys Anhang von der P3 starrt Emma nur an. Das kann sie absolut gar nicht leiden und gerät leicht in Rage. „Was guckst du denn so dämlich, hä?" Der Schizophrene, von dem Emma nicht mal den Namen verstand, weil dieser so nuschelte, erklärt ihr, dass er von der Bundeswehr sei. „Die haben mich hierher gebracht, weil ich mich mit meiner Frau gestritten hab. War gar nicht so laut. Irgendwann standen dann die Bullen vor der Tür und haben mich mitgenommen. Seitdem bin ich hier." Emma guckt verdutzt. „Von der Bundeswehr in die Klapse. Hut ab," sie überlegt weiter, „und deine Frau besucht dich?" Mit seiner Antwort rechneten weder Emma noch Lady. „Sie ist tot."

Auf dem scheinbar endlos langen Flur der P1 trödeln Emma und Lady stillschweigend vor sich her. „Sind wir auch so?", fragt Emma Lady. „Nicht ganz so,

Kleines. Schlaf gut. Wir sehen uns. Wenn mich der Bus nicht erwischt".

Lady hatte Emma ganz zum Anfang des Aufenthaltes in der Klinik seine morgendlichen depressiven Schübe erklärt. Und zwar so: Er steht auf. Setzt sich auf die Bettkante. Freut sich, dass die Sonne scheint und will mit viel Elan in den Tag starten. Doch dann, plötzlich, kommt immer dieser "Bus". Direkt in die Fresse. Und dieses Gefühl, nach unten gezogen zu werden und nichts hinzubekommen und sich zu nichts motivieren zu können, widerfährt ihn. „Das kleine Emma, ist der Psycho-Bus."

Emma ist bereits am Schwesternzimmer vorbei, Richtung Balkonien. „Wie Urlaub", zieht sie sich selbst gern ab und an auf. Sie zündet die Zigarette an und schaut dem Qualm, der sich wie nichts in der eisigen Luft aufzulösen scheint, hinterher. Sich einfach auflösen, klein machen, verschwinden, für nichts und niemanden erreichbar sein, das ist ihre Sehnsucht. Die andere stetige Sehnsucht ist das ständige Gefühl von Fernweh. Sie wünscht sich immer, woanders zu sein, ganz weit weg, da, wo alles anders und viel einfacher ist. Ihr Blick verharrt am Horizont, als Elli auf den Balkon kommt. Elli sagt meistens nichts, wenn sie jemandem entgegentritt. Komische Erziehung, stellt Emma fest, wer weiß was die erlebt hat. Ein paar Details weiß sie ja. Sie kam vor etwa sechs Wochen auf die Geschlossene. Wegen Selbstmordversuch. Elli hatte sich Eibetee gekocht und wollte sich vergiften. Nun ist sie in der fünften Woche schwanger. „In der Klapse schwanger geworden?", fragte Emma, als es ihr zugetragen wurde. Nächste Woche steht die Abtreibung an. Aber Elli spürt keine Gefühle. Sie hat kein Mitleid, spürt keine Trauer und erst Recht keine Freude und Liebe. Armes Menschenkind, denkt Emma.

Heute Abend ist Emma nicht nach Gesellschaft. Manchmal setzt sie sich in den Gemeinschaftsraum und guckt zusammen mit den anderen „Hirnis" Fernsehen. Heute nicht. Heute ist ihr Ziel duschen, Bedarf holen und ins rosa Büchlein schreiben. Als ihr Kopf, dank Bedarf, wieder leicht wie eine Feder im Wind wird und ihr gesamter Körper anfängt zu entspannen, beginnt sie damit, ihre Gedanken irgendwie einzufangen und aufzuschreiben.

Das Leben

Es gibt Dinge im Leben,
die muss man nehmen. Nehmen wie sie sind.
Sie erschrecken einen.
Reißen den Boden unter den Füßen weg.
Machen in diesem Moment taub und blind.
Taub und blind für anderes – Schönes.
Es gibt Dinge im Leben,
die kommen, ohne zu gehen.
Sie ändern und verändern, alles, was Bedeutung hat.
Dann gilt es, diese mit klarem Blick zu sehen.
Auch ohne dabei den Sinn zu verstehen.
Ohne Sinn. Ohne Verstand.
Ich nehm mich selber an die Hand.
Weil niemand halten, weil niemand stützen schafft.
Geh ich alleine meine Wege.
Bin auf der Suche nach dem Ziel.
Und meiner inneren Kraft.
Aus dem Brunnen des Lebens möchte ich trinken,
frei von Sorgen und Gedanken,
in starke Arme sinken,
und vielleicht ein wenig Wärme tanken.
Worte fliegen immerzu durch meinen Kopf.
Wie ewige Lieder. Und immer wieder,

spielen sie die gleichen Zeilen.
Sie verbreiten unerträgliche Unruhe,
wollen auf ewig in mir verweilen.
Alleine will ich sein, dennoch nicht einsam.
Zusammen erleben, nur nicht gemeinsam.
Mutig bin ich, ohne mich zu trauen.
Sorgen erzähl ich, ohne Leid zu teilen.
Kann ich mir selbst noch glauben?
Wie weit bin ich von mir weg?
Gibt es das Mittel zum Zweck?
Den Zweck um sich selbst zu finden
Ohne irgendwen an sich zu binden.
Auf dem Weg zu mir selbst.
Auf dem Weg zu meinem Glück.
Auf diesem Weg nur noch nach vorn – nie mehr zurück.

Wie jede Nacht, so auch diese, wird Emma wach. Das Licht über dem Kopfende ihres Bettes brennt hell auf. Gut so. Sie hasst es, im Dunkeln zu schlafen. Ihr Herz läuft Marathon. Wieder der selbe quälende Traum. Emma überlegt nicht lange. Sie geht zum Nachtdienst und holt sich ihre nächtliche Bedarfsarznei. Zurück in ihrem Bett und das T-Shirt noch immer schweißgetränkt, versucht Emma mit Atemübungen ihren Herzschlag zu kontrollieren. Aber dieser Traum. Immer dieser Traum. Sie lässt die Augen offen, aber sie bekommt die eingebrannten Bilder einfach nicht weg. Alles scheint in ihrem Kopf durcheinander zuzufliegen, als würde man mit einem Laubbläser die Blätter aufwühlen.

Vor einigen Jahren, etwa sechs oder sieben, war Emma auf dem Weg zu einem eng befreundeten Schulkameraden. Luka war nach der zehnten Klasse weggezogen und lud sie zu einem groß ausgeschmückten Stadtfest ein. Die Stadt feierte die 750 Jahrfeier. In der Altstadt gab es sämtliche Fressbuden, die Emma sowieso immer mied, Stände mit Ton- und Holzwaren und natürlich auch diese nervigen Läden, in denen man Souvenirs der Stadt kaufen konnte, die man auch so überhaupt gar nicht bräuchte.

Am Abend fand ein Open Air im Stadtpark statt. Irgendeine Band, die angeblich Rock spielte. Für Emma war das nur lauter Krach. Drumherum endlos viele Besoffene, die sich entweder am Straßenrand auskotzten oder die Frauen vollpöbelten.

Als Emmas Ohren mal wieder klingelten, so empfand sie das immer, wenn die Lautstärke für sie unerträglich war, lief sie etwas abseits des Gewimmels Richtung Altstadt. Dort wo sich vorher die Menschen an den Ständen tummelten, war es ruhig. Etwas zu ruhig im Gegensatz zum Stadtpark. Emma sah, dass die katholische Kirche noch immer offen stand. Zum diesjährigen Höhepunkt der Stadt gab es die „offenen Türen". Unter anderem konnte man die Kirchen besichtigen. Das alles interessierte Emma, als Atheistin, aber nicht. Doch nachts, wo Leute und Laute verstummten, kam in ihr die Neugier hoch. Sie ging in die Kirche und war verblüfft. Die himmlischen Malereien, die aufgearbeiteten alten Bänke, auf denen jeden Sonntag die Gläubigen der Predigt lauschten, die unzähligen Verzierungen an Decken und Wänden, und vor allem - der Altar. Jesu Christi. Sie war klein wie eine Kirchenmaus in dieser großen Halle. Zum ersten Mal in ihrem Leben fühlte sie sich sicher und warm umschlossen. Von oben beschützt. Das kannte sie nicht. Sie begann über ihr Leben nachzudenken und vor allem über dessen Sinn. Vertieft in ihren schweren Gedanken, hörte sie die Tür schließen. Emma drehte sich um, als ihr die ersten Schritte näher kamen. Es war nur Braune. Sie pustete den lang angehaltenen Atem aus und war froh ihn zu sehen. Er war der beste Freund von ihrem Schulfreund Luka.

Braune schwankte von einem Bein zum anderen. Er hatte schon am Mittag einige Biere intus. Als er fast vor ihr stand, konnte sie langsam seine Sprachversuche deuten. Er versuchte, sich irgendwie auszudrücken, was ihm ziemlich miserabel gelang. Emma fragte ihn, ob es ihm gut ginge oder er etwas benötigte, gar Wasser brauchte. Aber er packte sie nur am Arm und zerrte sie an sich. Völlig überfordert mit diesem Muskelprotz am Körper, schreckte sie zurück und stürzte. Sie keifte ihn an und stieß ihn mehrmals in den Bauch. Braune begann an ihrer Hose zu zerren und stammelte weiter seine Silben und Laute. Sie hatte unheimliche Angst in diesem Moment. Emma windete sich vom Schmerzen des Sturzes und kämpfte gegen seine vom Trieb gesteuerten Taten an. Ihr war nicht bewusst, was vor sich ginge. Emma schrie um Hilfe, sie schrie so laut sie konnte. Aber die Angst lähmte sie. Wie ein kleines Mädchen, dass etwas Schlimmes tat, schämte sie sich für das, was dort gerade geschah. Starr waren ihre Arme und Beine, und auch ihre Stimme wurde immer heller und leiser. Er riss ihr die Hose vom Leib. Mit vollster

Wucht verletzte sie sich dabei am Oberschenkel. Tränen liefen über ihrem heißen Gesicht hinab und landeten auf dem kalten Boden der heiligen Stätte. Die Angstgefühle entfalteten sich immer stärker. Übelkeit, Schwindel und eine Art Ohnmacht überkamen ihren Körper. Braune öffnete sein Hose. In diesem Moment fühlte Emma, wie ihr Geist sich von ihr verabschiedete und nur noch ihr Körper dem seinem blieb. Ihrer wurde immer schwerer. Bewegungen waren einfach nicht machbar. Wie auch, wenn neunzig Kilogramm männliche Muskelmasse auf ihr lagen und sie festhielten. Ohne auch nur eine Sekunde zu zögern, rammte Braune seinen harten Penis in ihre Vagina. Sie schrie auf. Sie schrie so laut sie konnte, mehrmals. Sie versuchte ihn zu stoppen. Warum tut er mir das an, dachte Emma, beschmutzt im Haus Gottes. Ein Meer aus Tränen umrahmte ihren glühenden Kopf auf den kalten Fliesen. Ihre Schmerzen wurden unerträglich, aber er ließ nicht ab von ihr. Stattdessen fing er an, sie dabei zu beschimpfen, als Hure und Schlampe. Sie habe es verdient, dass ihr mal ein Mann zeigt, wofür sie zu Nutze sei. Er stieß immer und immer wieder, so tief er konnte, in ihren Unterleib hinein. Als er den Gipfel der Lust erreichte, ließ er ab von ihr und ihre Handgelenke los, begab sich in die Vertikale und spuckte sie an.

Die Kirchentür stand weit offen. Emma hockte zwischen zwei Bänken. Beschmutzt von männlicher Gier, billigem Aftershave, Sperma und Speichel saß sie dort und starrte Jesus Christus an. Warum ließ er das in seinem heiligen Haus nur zu? Womit hatte sie das verdient? Keine Frau hat es verdient, so etwas zu erleben. Niemand muss so etwas über sich ergehen lassen. Aber sie fühlte sich schuldig. Die Zeit rannte Emma beinahe in dieser Nacht davon. Als sie morgens bei Luka zuhause eintraf, schlief er. Emma packte ihren Rucksack und verschwand so schnell, wie sie gekommen war. Ohne einen Ton, ohne einen Zettel. Nichts ließ sie zurück – nur ihr zersplittertes Herz und ihre Seele. Bei Gott. Dachte sie.

Kapitel 3
Abschied im Haus Gottes

„Emma steh' auf, Rückenschule ist um acht Uhr. Wir kommen zu spät", ruft Hans und klopft wie ein wilder an ihrem Zimmer. Emma öffnet ihre Augen und stellt fest, dass auch sie der Bus erwischt hatte. Mitten in die Fresse. Nicht mein Tag nuschelt sie und hebt sich aus dem Bett. Sie ist blass um die Nase, ihre Beine wie Pudding so weich und ihr Kopf fühlt sich an, als hätte sie die Nacht auf einer viel zu lauten Party verbracht. „Komme doch", sagt sie so leise, dass es hätten auch laute Gedanken sein könnten. Ein Blick in den Spiegel. Schnell die Haare zum Zopf gebunden und Zähne geputzt. Auf dem langen Weg zum Gymnastikraum bemerkt Emma, wie sie ihre Tränen zurückhalten muss. Sie holt tief Luft um ihre Lunge zu füllen. Hans nimmt sie an sich und sagt nichts. Wie immer, wenn er merkt, dass sie die Nacht über mit sich und ihren Träumen gekämpft haben musste. Nach dem Sport steht die Gruppentherapie an. Versammelt im Stuhlkreis regt die Psychologin zum Gespräch an. Zumindestens kann man es als Versuch deuten, wenn man schwer depressive Menschen in einem Kreis zusammen zu sitzen hat. „Heute sollen Sie sich mit dem Thema ‚Abschied' auseinandersetzen. Erzählen Sie uns, woran Sie denken, wenn sie ‚Abschied' hören. Die Gruppe – stumm wie zuvor. Hans wirft „Tod. Beerdigung." ein. Für Emma sind das oberflächliche, alltägliche Dinge. Natürlich auch ein besonders schwerer Abschied, aber er gehört nun mal zum Leben dazu. Auch wenn sie Angst davor hat zu sterben. Nachdem alle ihren Diskussionsbeitrag hinzugefügt haben, ist Emma an der Reihe. Tränen laufen ihre Wangen hinab, als habe man einen Wasserhahn aufgedreht. Aus Mitleid und Hilflosigkeit senken die anderen Patienten ihre Köpfe. Sie wissen einfach nicht, was es bedeutet, Abschied zu nehmen. Wie soll sie „ihren Abschied" erklären? Frau Dr. Lang sieht sie fragend an, als würde sie noch einmal etwas genauer nachfragen wollen. „Wann war dieser Abschied, der sie so zum Weinen bringt?" Emma überlegt. Sie weint noch heftiger. Mit schweißigen Händen krallt sie sich an den Armlehnen des Stuhls fest. Eine von Pein behaftete Röte steigt in ihr Gesicht. Im Kopf dudelt eines ihrer Lieblingslieder – „One of us – von Joan Osborn".

What if God was one of us?
Just a slob like one of us?
Just a stranger on the bus, trying make his way home?

Emma schnieft und versucht sich die Tränen zurück zu halten und ihr Vertrautester im Kreise der Patienten, Hans, ergreifft ihre Hand um Kraft und Beistand zu vermitteln. Hans weiß bescheid. Er ahnt, was Emma im Kopf herumschwirrt. Sie hat sich ihm anvertraut. Ihm die ganze unvergessliche Geschichte erzählt, die sie seit langer Zeit quält und immer wieder Ekel in ihr aufsteigen lässt. „Ich nahm Abschied von mir und meinem Körper. In einer Kirche. Für mich gibt es eigentlich kein Gott. Aber am 16.06.2006 fühlte ich, dass Gott meine Seele und mein kaputtes Herz zu sich nahm. Seit dem bin ich nur noch eine Hülle. Ich suche mich jeden Tag auf's Neue selbst und doch kann ich mich nicht finden, außer dem widerlichen Anblick im Spiegel. Wenn ich träume, dann von seinen harten Händen, die mich auf den eisigen Boden der heiligen Stätte drückten. Wenn ich träume, dann von seinem widerlichen Atem, der mich während seines Vergnügens anhauchte. Wenn ich träume, dann von den Schmerzen, die ich im Haus Gottes erlitt und von denen niemand Zeuge war – außer Gott selbst – wenn es ihn denn gibt."

Emma bricht die Gruppentherapie geistig ab und sitzt lediglich auf ihrem Stuhl. Sie folgt den Gesprächen nicht und niemand spricht sie an diesem Tag direkt an. Weder beim Essen, noch beim Rauchen auf dem Balkon. Nicht mal Hans weiß, wie er sich verhalten soll. Dabei mag er sie doch so sehr. Er hätte alles getan, um ihren Schmerz und ihr Leid wenigstens stückchenweise zu lindern. Aber das kann er nicht. Niemand kann das. Wer weiß schon, was Emma helfen kann, außer sie selbst?! Sie kann es ja niemanden sagen. Ständig hin und her gerissen, zwischen Nähe und Distanz. Das macht sie wirr und scheint sie kühl wirken zu lassen, dabei ist sie das sensibelste Wesen, das man es sich nur vorstellen kann. Hält Hans sie im Arm, kriegt sie diese Panikattacken, aus Angst vor der Nähe. Ist sie alleine, in ihrem Zimmer, steigt die Panik in ihr auf, durchzudrehen und nicht mehr leben zu wollen. Dann kann sie nicht einmal auf den Balkon oder ein Messer in die Hand nehmen, weil sie sofort Bilder vor den Augen hat, wie sie sich und ihrem Leiden ein Ende setzt. Ihr Kopf spielt mit ihr Scheibe. Blut und quälende Schmerzen verbindet sie in diesen Moment der Angstzustände.

Wieder dieses kribbeln in den Händen und Füßen, die Herzschmerzen, die sie verspürt und die Angst zu sterben. Übelkeit und aufsteigende Hitze zeigen Emma, dass sich eine erneute Panikattacke anbahnt. Sie geht zum Schwesternzimmer, halb kriechend. Sie heult und schreit, dass man ihr doch endlich helfen solle. Emma will so nicht mehr vor sich hinvegetieren. Ihr Leben besteht nur noch aus kleinen Einheiten, in denen sie sich aufhalten kann. In öffentlichen Verkehrsmitteln kann sie nicht mehr einsteigen, einkaufen in größeren Läden ist unmöglich und körperliche Nähe oder Liebe sind zu fremden Wörtern und Taten geworden.

Die Schwester gibt ihr ihre Arznei, diesmal flüssig zum Schlucken, damit sie etwas schneller wirkt. Emma hat einen Puls, als wäre sie auf der Flucht. 187 Puls. Warum nimmt das nicht endlich ein Ende und ich falle einfach um, fragt sich Emma. Jedes Mal auf's Neue. Das schafft sie nicht mehr, da ist sie sicher. Kopfkino. In ihrem Hirn spielen die Gedanken fange. Ein abscheulicher Gedanke jagt den anderen. Sie sieht sich todkrank, blutend, nackt, vergewaltigt und jammernd am Boden. Ihre Gefühle vermitteln ihr Ekel, Abscheu und unheimliche Angst. Als sie die Augen öffnet, liegt sie im Untersuchungszimmer auf der weißen, reinen Liege des Arztes. Sie schaut sich um. Warum kann ich nicht so weiß und rein sein? Ich bin schmutzig und widerlich. Und fett und hässlich. Wieder beginnt sie zu heulen. Der Arzt sagt ihr, sie müsse sich beruhigen, sonst könne man sie nicht unbeobachtet lassen. Emma hört schlagartig auf. Einerseits, weil sie spürt, wie die Medikamentation anfängt zu wirken und andererseits, weil sie diese absurden Gedanken an die Bibel wiederbekommt. Das hatte sie schon einmal, in der Ergotherapie. Deshalb hatte sie sich einen Rosenkranz erstellt mit einem goldenen Credo. Sie verspricht dem Arzt alles. Hauptsache sie kann auf ihr Zimmer. Herr Doktor Kanar klärt sie zuvor noch auf, dass ihr Körper ihre Ohnmacht hervorgerufen habe, weil der Puls zu hoch war – lediglich eine Schutzreaktion. In ihrem Nachtlager mit Schimmelbeilage im Bad angekommen, sitzen ihre Mitpatientinnen, zwei an der Zahl, auf ihren Betten und lesen. Eine betet vor sich hin. Den ganzen

Tag. Sie sagt, dass sei das einzige was ihr hellfe, am Leben zu bleiben. Peggy fragt Emma, ob sie am Sonntag nicht mit in die freie Gemeindekirche kommen möchte. Emma nickt vorerst unsicher ein. Erst einmal widmet sich Emma ihrer Gitarre. Sie ist so wundervoll, denkt sie immer, wenn sie sie in der Hand hält. Weicher, glatter, geschmeidiger Korpus und der schmale Steg – Töne, die sie damit erzeugt, beruhigen sie und geben ihr das Gefühl, etwas zu können - sich zu verwirklichen. Als sich die Nachtruhe zeitlich nähert, läuf es ihr erneut eiskalt den Rücken herunter. Es schaudert sie, wenn sie an die Dunkelheit und an die wilden Träume denkt. Unter der heißen Dusche lässt sie das erstemal seit dem heutigen Morgen ihren Körper etwas entspannen. Sie sieht an sich herunter, Hüftknochen, Sehnen auf dem Spann und kleine Brüste. Fett oder fetter? Sie grinst. Immer nach dem Duschen cremet sie sich gründlich ein. Jeden einzelnen Zentimeter. Wenn sie das getan hat, zieht sie den Hocker unter dem Waschbecken hervor und stellt sich darauf, um ihre Silouette zu begutachten. Von der Seite, widerlich, von vorne, zum Kotzen und von Hinten, akzeptabel, da man ja nicht viel sieht, außer ihren schwabbeligen Po. Nun ja, es gibt aber auch etwas, was sie an sich mag. Ihre dunkelbraunen Augen, die so wunderbar hervorscheinen, wenn die Sonne in ihr Gesicht scheint. Sonne, das wäre mehr als ein Geschenk Gottes; nun ja, Sonne ist übertrieben, aber sie hat über ihren Nachtschrank ein wunderbares grelles Krankenhauslicht. Das brennt übrigens die ganze Nacht, aus Angst vor der Dunkelheit, aber ihre Zimmerinsassen akzeptieren diese eine kleine ihrer vielen Macken. Die beiden schlafen ja sowieso fest. Sie könnte auch neben den beiden Irren tot umfallen, sie würden weiter schlummern.

Kapitel 4
Gott segne Dich

Es ist Sonntag. Peggy, die Bettnachbarin von Emma, macht sich fertig für die Sonntagsmesse. Zehn Uhr soll sie beginnen. Zur Einstimmung hört sie ihre kirchliche Musik, irgend ein Sänger, der über die Inhalte der Bibel singt. Emma liegt noch im Bett. Sie überlegt aufzustehen, mit zu gehen, aber … . Zweifel kommen in ihr hoch. Dieses eine schreckliche, unvergessliche Erlebnis im Haus Gottes. Sie verbindet es immer damit. Obwohl sie sich auch sehr hingezogen fühlt, zum Glauben an Etwas. Irgendetwas muss es doch geben, dass ihre Leitplanken für die Fahrt durch das Leben sind. Kein Wunder, dass die Menschen sich so sinn- und haltlos fühlen. Heutzutage ist der Glaube und der Gang in die Kirche weit entfernt von der Normalität. Das Selbe gilt für die tollen gängigen Familien – Mutter, Vater und Kind, vielleicht auch zwei. Alle wohnen zusammen und lieben sich und zeigen sich dieses wunderbare für einander Dasein jeden Tag. Wer hat das schon? Sie grübelt so sehr, dass sie Peggy erst nach mehrmaligem Ansprechen wahrnimmt. „Kommst du nun mit, ich denke es würde dir gut tun?" Unter der Dusche lässt sie das Wasser wie gewohnt heiß über sich herab laufen und versucht zu entspannen. Gedankenchaos. If God had a name? What would it be an would you call it to his face? „JA", ruft sie. Peggy fühlt sich angesprochen und erwidert mit einem „Prima, in 35 Minuten geht es los." Im Spiegel sieht Emma nichts, nichts was ihr auch nur annähernd gefällt. Zopf gebunden. Eingecremet. Sie sitzt. Noch 25 Minuten zeigt die Uhr auf ihrem Handy. Sie schnappt sich ihre Wimperntusche zum ersten Mal seit einigen Wochen und betont dezent ihre Augen. Als sie in den Gruppenraum eintritt und sich ihr Frühstückstablett nimmt, ist Hans der Erste dem ihre Augen auffallen. „Deine Augen leuchten so. Hübsch bist'e." Emma schmunzelt und fühlt sich aufrichtig geehrt. Essen, wie immer unangerührt. Mit Kaffee und Nikotin verseucht sie ihren Magen und kehrt dann zurück in ihre Schimmelbuchte. Bin bereit, nickt sie Peggy zu. Auf dem Weg zum Saal in der Klinik, der extra für die Gottesdienste eingerichtet worden war, fragt Peggy, ob sie schon mal in der Kirche gewesen sei. Emma nimmt die Frage bewusst nicht wahr und läuft einfach weiter.

Sie sitzen in der recht kühlen Halle und schweigen. Wenig Publikum, denkt Emma. Der Pfarrer beginnt seine Predigt mit den Worten. „Gott segne dich, behüte dich, erfülle dich mit Geist und Licht. Gott segne dich! Erhebe dich und fürchte nichts, denn du lebst vor seinem Angesicht, Gott segne dich!"

Emmas Tränen laufen über die Nasenspitze und über ihre Wange hinab auf ihr Credo, dass sie aus Intuition mitgenommen hatte. Bilder vor den Augen, Schmerzen und Ziehen im Unterleib. Warum mache ich das alles hier? Sie fühlt sich überfordert. Die Predigt verläuft so weiter, wie sie angefangen hat. Emma fühlt sich mitten im Herzen getroffen, eine Wärme durchzieht ihren gesamten kalten Körper, denn sie friert vom Weinen und ängstlichem Zittern. Emma fühlt sich, als könne sie aus allem schöpfen, was der Pfarrer predigt. Als spräche er aus ihrem Mund.

Mit Peggy an der Seite und einer Aura, als hätte man ihr allen Schmerz von der Seele genommen, geht sie in ihr Zimmer. Sie hat noch immer die Abschlussworte in den Ohren:

„Manchmal ist die Hand vor unseren Augen gar nicht mehr zu sehen, und wir hoffen nur noch, dieses

Dunkel irgendwie zu überstehen. Doch kein Schatten, den wir spüren, kann das Licht in uns zerstören!"

Zur täglichen Visite am Montag berichtet sie der Stationsschwester, der Oberärztin und ihrer Psychologen von ihrem Lichtblick und dass sie sich schon viel besser fühle. Die Ärzte sind der Meinung, dass ihre Medikamente endlich einen Spiegel im Blut aufgebaut hätten. Nun würde der nächste Schritt folgen. Dass kommende Wochenende würde für Emma ein BE-Wochenende bedeuten. Sie fragt genauer nach: „Was bedeutet das für mich direkt, Frau Lang?" Ihr wird erklärt, dass BE, Belastungserprobungswochenende bedeute und sie dieses nicht in der Klinik, sondern zuhause verbringen würde. Ein kleiner Schock für Emma, denn sie fühlte sich unter den Patienten und unter der Glocke der Ärzte recht sicher. Aber sie hatte keine Wahl, es war ein Bestandteil der Therapie um ihre Ängste zu lösen.

Also plant Emma sofort, was sie an diesem Wochendende alles erledigen könnte. Wäsche waschen, Freunde treffen, Wohnung sauber machen. Oder in Ruhe auf der Couch liegen und ein Buch lesen, oder spazieren. Aber alleine? Nein, das würde sie nicht schaffen. Sie rief eine ihrer Freundinnen an und erzählt von ihrem Ausgang. Samstagmorgen acht Uhr bis Sonntag zwanzig Uhr. Ihre Freundin Melly stimmte zu – natürlich, schließlich besuchte sie sie ja auch in der Klnik und war für sie immer erreichbar. Freitagabend, Emma steht vor ihrem Schrank und rätselt, was sie alles einpacken müsste. Warme Sachen, falls es wieder regnet, bequeme Sachen für die Couch, Schlafsachen und ihr Kulturbeutel. Wichtig war für sie auf jeden Fall ihre Kosmetik und Pflegeprodukte. Sie geht zur Schwester, um ihre Bedarfsarznei für den Notfall einzupacken. Natürlich könne sie jederzeit zurück in die Klinik kommen, falls es mit ihren Angst- und Panikattacken nicht unter Kontrolle zu kriegen wäre.

Kapitel 5
Frei wie ein schwarzer Vogel

Melly freut sich schon riesig und schreibt Emma alle 5 Minuten eine SMS, wo sie sich gerade befindet. Emma sitzt in ihrem alten Corsa und zündet die erste Zigarette an. Erst einmal los fahren, denkt Emma. Schon am Ortausgangsschild war ihr mulmig, aber sie hatte ihr Kreuz dabei und daran klammert sie sich fest um sich zu beruhigen. Siebzig Kilometer, sieben Zigaretten, drei Kaffee und etwas über eine Stunde Autofahrt später steht sie vor der wunderschönen Wohnungstür. Sie klingelt und Melly drückt sie und bedient sie eilig mit Trinken und Essen. Melly kocht so wunderbar, dass es Emma immer sehr Leid tat, nichts oder wenig davon zu essen. Aber ihre Freundin nimmt ihre kleinen speziellen Routinen als normal. Melly schlägt Emma vor, am Nachmittag etwas am See spazieren zu gehen und vielleicht Eis zu essen, draußen in der Sonne zu sitzen und einfach das Leben zu genießen. Das machen sie dann auch – sogar mit Vergnügen wenn Emma ehrlich zu sich ist. Aber irgendetwas bedrückt sie. Sie hat wieder Sehnsucht.

Diesmal geht die Sehnsucht nicht in Richtung Fernweh, wie sie es oft verspürte, wenn sie an einem Gewässer verweilte. Sie sehnt sich nach dem Ende. Dem Ende von Tabletten, Panik und Angst, und diesem Gefühl von Benutztheit. Nachdem sie einen sonnigen Nachmittag verbringen und Melly viel erzählt, ist Emma ziemlich unruhig. Bevor sie zu Bett geht, nimmt sie lieber zwei ihrer Beruhigungspillen ein und stärkt damit sich selbst und minderte ihre Beunruhigung.

Die Nacht verläuft erstaunlich gut. Sie schläft tief und fest, muss nur ein oder zwei mal zur Toilette vom vielen Wasser und hat keine Alpträume. Dennoch verspürt sie jetzt den Drang, in die Klinik zurück zu fahren. Melly will sie fahren, aber Emma ist autark und unabhängig, wie sie selbst immer betont. Vor der Tür verabschieden sie sich innig und drücken sich. Eine besondere Beziehung herrscht zwischen ihnen, vielleicht keine Liebe, aber ziemlich tiefe Zuneigung. Emma steigt ins Auto und fährt los. Schon zwei Kilometer Richtung Autobahn beginnen ihre Beine zu zittern und ihr Herz rast. „Bitte nicht jetzt!" ruft Emma sich zu. Ich schaffe das, redet sie sich ein. Melly versucht anzurufen, aber Emma drückt sie weg, weil sie weiß, dass ihre Freundin es spüren würde. Nach zwanzig von siebzig Kilometern dann der völlige Zusammenbruch. Ihr Herz rast und krampft, Beine und Arme wie betäubt. Emma klinkt das Warnblink ein. Sie hällt am Standstreifen. Wohin mit mir, fragt sie sich, wohin, mich wird hier niemand finden. Aus Angst vor der Angst, nicht gefunden zu werden oder diesem derart abartigen Angstgefühl nicht zu entkommen und ihm zu erliegen, steigt sie aus. Wie benommen steht sie am Auto, rechts der Standstreifen, links die beiden Fahrstreifen. Ein Auto nachdem anderen rasen an ihr vorbei und ziehen sie immer leicht mit sich, bedingt durch den Fahrtwind. Kein Wunder, bei einer Streckengeschwindigkeit von 120 h/km. Alles in ihrem Körper ist wie gelähmt. In ihrem Kopf gab es einen Kurzschluss. Es verschwimmt vor ihren Augen. Sie greift zu ihren Medikamenten, nimmt sie in die Hand und setzt sich inmitten der Autobahnfahrstreifen. Gedankenleer und unbewusst jeglicher Gefahr sitzt sie zwischen dem linken und rechten Fahrstreifen. Die Autos die vorbeifahren hupen und weichen aus, aber als der erste LKW wie einen Slalom um sie fährt, da wird sie wie wach gerüttelt. Aus Angst gelähmt, kann sie nicht aufstehen. Sie betet zu Gott, er solle ihr helfen, sie kann nicht mehr, sie ist nicht in der Lage aufzustehen und zurück zum Auto zugehen. Also beschließt sie, den Kopf zwischen die Knie zu legen und auf eine Art Wunder zu warten. Von der Zeit völlig im Stich gelassen, ohne eine Erinnerung an einen Blick auf die Uhr, hält die Polizei mit Blaulicht hinter ihrem Wagen. Eine Frau und ein Mann der Polizei gehen auf sie zu. „Mädchen, ist das Leben so schwer, dass du diesen Weg wählst?" Emma erleidet in diesem Moment einen Nervenzusammbruch. Der Krankenwagen und auch Melly treffen am Ort des Geschehens ein. Sie versuchen sie zu beruhigen. Melly erklärt der Polizei, dass Emma seit Wochen in der Klinik sei und sie sie jetzt zurück dorthin bringen werde. Die Polizei und der Sanitäter sichern sich mit einem Anruf in der Klinik ab. So fahren Emma und Melly die letzten fünfzig Kilometer zusammen. Emma spricht kein Wort und Melly versucht auf sie einzureden. Emma starrt aus dem Fenster und sieht die Krähen fliegen – frei und unbeschwert, und vor allem hässlich und schwarz. Sie bekommt einen Heulkrampf, sieht Melly an und sagt: „Wenn nicht ein mal Gott mich schafft zu heilen, dann schafft es niemand. Meine Zeit ist abgelaufen, ich kann das alles nicht mehr. Ich muss sterben. Und diesmal werde ich es nicht dem Schicksal überlassen."

In der Klinik pumpt man Emma medikamentös so sehr voll, dass sie auf dem Bett mit Sachen einschläft. Hans klopft wie immer um acht Uhr an ihr Zimmer, als keine Antwort kam, öffnet er die Tür. Er läuft so schnell er kann zu Schwester Monika. Alle Ärzte werden informiert und man setzt sich auch mit der Polizei in Verbindung.

An diesem Morgen löst sich für Emma das Rätsel der vielen Zahlen an der verklinkerten Hauswand der Psychiatrie auf. Denn sie sitzt selbst auf dem Dach, gegenüber dem Zimmer ihrer Psychologin. Sie malt keine Zahlen, sie schreibt deutlich und mit einer Hingabe, als wäre es das Letzte, was sie tun wolle.

An der Hauswand im Dachgeschoss steht geschrieben:

„Vater unser im Himmel
Geheiligt werde dein Name.
Dein Reich komme.
Dein Wille geschehe."

Emma sitzt in der knalligen Sonne eines kalten Montagmorgens auf dem Dach der Klinik und ruft über den Patientinparkplatz: „Vater unser im Himmel, und vergib uns unsere Schuld, wie auch wir vergeben unsern Schuldigern."